Awarded Novels
长青藤国际大奖小说书系

Courir avec des ailes de géant

马拉松男孩

[法] 埃莱娜·莫塔尔德 著　谌夏 译

晨光出版社

有时候，

我觉得爸爸太过痴迷于跑步了。

无论何时何地，

在我们共同生活的岁月里，

在我的记忆里……

Preface

前 言

心中有梦，脚下有路

作为一名翻译，我时常有机会读到来自其他国家的温暖又有力量的故事，埃莱娜·莫塔尔德的小说《马拉松男孩》就是其中之一。这部小说既感人又深刻，作者莫塔尔德向我们展示了一个孩子在直面痛苦之后的个人成长，以及友情、家庭、跑步对他心灵的疗愈。

跑步，这一看似简单的运动，实则蕴含着巨大的能量。它不仅能强健体魄，更能在潜移默化中塑造孩子们的品格。在马拉松的赛道上，孩子们不仅需要体力，更需要持久的耐力和顽强的意志力。这种耐力和意志力，能让他们在关键时刻，不退缩，不放弃。而格伦的故事，正是这种力量的生动体现。

小主人公格伦自小跟随爸爸和兄弟们一起跑步，

直到爸爸在一次空难中不幸去世。莫塔尔德以细腻的生活化笔触，描写了意外发生前格伦与爸爸和兄弟们围绕跑步而发生的令人会心一笑的日常小故事，仿佛将读者带到澳大利亚，在悉尼灿烂的阳光下注视着他们奔跑。那时，跑步不仅是锻炼身体的方式，更是将他们紧紧联系在一起的纽带。然而，随着爸爸的离去，一家人原有的生活节奏被打乱，格伦和兄弟们跟随妈妈回到了她的故乡——法国。

即便到了这个新环境中，格伦依然在悲伤与迷茫中挣扎，跑步成了他排解情绪、寻找自我的途径。尽管失去了爸爸的指引，他依然坚持奔跑，因为那是他和爸爸唯一的共同记忆，是他内心深处不灭的光芒。在外公的陪伴与鼓励下，格伦逐渐找回了跑步的节奏，也重新找回了生活的勇气和方向。他接受了成长路上必然会经历失去的这一事实，意识到人生路上会有其他的温情陪伴和鼓励，并从中汲取力量去追逐自己的梦想——回到悉尼参加马拉松比赛。

值得一提的是，莫塔尔德和她创作的人物格伦一样，都和父亲有着深厚的感情，职业生涯也深深地受到父亲的影响。莫塔尔德的父亲在第二次世界大战结束后成为一名作家，笔名乔治·蒙特福雷兹。在他出版首作的次年，莫塔尔德出生了。在父亲的影响下，莫塔尔德的童年时期都被故事包围着。幼年时睡前听父亲讲神话故事，识字后和父亲一起读故事，成年后跟随父亲的脚步为孩子们创作故事，这样的发展对她来说如水到渠成般自然。儿时读过的神话，旅行、生活过的地方都被她当作创作元素融入作品。我想，通过创作格伦的故事，莫塔尔德也在向自己的父亲致敬。

另外，莫塔尔德喜欢旅行，为异域风情和独特的文化魅力着迷，因此除了传神的人物刻画，对澳大利亚和法国风景的描写也跃然纸上。希望翻开这本书的读者，都仿佛身临其境，与格伦一起奔向成长之路，相信无论遭遇多大的困境，只要心中有梦，脚下有路，就有重新开始的可能。

Contents

目 录

一

故事从爸爸开始

我从八岁开始跑步。

我是说，真正的跑步。

那时爸爸认为我的弟弟汤姆已经不小了，可以和我们一起去跑步了。

“我们”是指比利、爸爸和我。

比利是我的大哥。我八岁的时候，他十一岁，爸爸三十五岁。

爸爸很喜欢跑步，每天都跑。他总是谈起自己如何开始跑步，那时他还是个小孩，和爷爷乔伊一起住在自家的农场里。那个农场很大，总是需要他在这儿帮帮忙，到那儿干干活儿。

因为走路要很久，所以爸爸就跑步。

渐渐地，他爱上了跑步的感觉，即便农场的另一头没有要紧事，他也想跑过去看一看。不久后，他就加入了一家俱乐部并开始参加比赛。但现在当我讲起这件事的时候，我发现爸爸跑步只是为了放松，为了整理思绪——正如他所说的那样；当然，也是为了和我们待在一起。

有时候，我觉得爸爸太过痴迷于跑步了。无论何时何地，在我们共同生活的岁月里，在我的记忆里，我每天都会看到他穿上短裤或运动长裤，还有运动鞋，打开门，看着天空，贪婪地呼吸着风的气息，做好准备迅速冲出去。

二

在熟悉的街区结队奔跑

我们住在悉尼一个叫作克洛夫利的街区。

那里靠近大海，只需沿着华纳大道走到巴洛斯公园，就能看到大海。长长的海岸线上，绵延的海浪拍打着悬崖下的岩石。爸爸深吸了一口气，我知道他在想什么——这些海浪来自遥远的地方！

其中一些最猛烈的海浪来自南极洲，在巨大的撞击声中，冰冷的空气向我们袭来。其他一些海浪则于热带地区形成，带着轻盈的白色泡沫向我们延伸而来。

但无论它们来自何方，澳大利亚的海岸都是它们开启旅途后遇到的第一个障碍，而我们则在那里看着它们和这片陆地进行斗争。“我们”是爸爸、比利、汤姆和我。

比利不是真心喜欢跑步。

他跑步只是为了取悦爸爸。当汤姆也开始加入我们一行的时候，爸爸就更高兴了。

我和比利都明白这并不容易。汤姆一丁点都不喜欢跑步，而且也不在乎爸爸满不满意。

爸爸不明白这些，或者说，他不愿意去理解。他确信让汤姆爱上跑步只是时间问题，因为他显然很有耐心。

汤姆总是找借口停下来。

“爸！我的鞋子里有块石子！”他大声喊道。

爸爸停下来，帮他脱下运动鞋，彻底抖一抖再让他穿上。

"好歹少跑五分钟！"我可以从弟弟的眼神里看出这样的内容。

"爸！我渴了！"

"爸！我受不了了……"

"爸！我们能休息一下吗？"

弟弟汤姆的借口源源不绝，我和比利都为他的创造力感到惊讶。

如果我们不停下来，情况会更糟糕。汤姆跑得太慢了，以至于我们简直像在原地踏步。

一切就是这样开始的。

三

我们四个是一个集体

离开家，我们会先快走到巴洛斯公园，接着沿绿地保龄球场向左走去。

再走远一点，小路通向一排步行桥，步行桥悬挂在海边悬崖之间。我很喜欢这个地方。它让我感觉自己可以永远跑下去，不用再半途折返，不会感到腿部疲劳或者呼吸困难。

我的运动鞋在桥的板条上弹跳，板条在我的体重作用下振动得恰到好处。每座步行桥的尽头都是泥土小路，我在上面飞跑，几步就到了下一座步行桥。在我脚下几十米处，大海在咆哮，巨大的白鸟在我的头顶上空鸣叫。

在我的背后，爸爸在呼唤着我：

“格伦，等等我们……”

我不紧不慢地转过身，又向他们跑去。

汤姆尽可能跑得很慢，每跑一步都要用脚用力踩一下地面，好让自己的速度更慢一些，他还像海豹一样用力呼气，力图表明自己已经筋疲力尽了。

爸爸跟在汤姆后面。爸爸个子很高，身材修长。他在原地跳来跳去，双臂抱在胸前。这一刻，他的长腿绷紧，看起来更像是正在热身的拳击手，而不是长跑运动员。为了陪在汤姆身边激励他，爸爸正克制着奔跑的冲动。

比利安静地跟在后面，随随便便地跑两步。他只是想等这一切结束，我们一起回家。

我则像一只疯狂的小狗。

爸爸常这样说：

“格伦，别来回跑了！你看上去简直像皮克斯！”

皮克斯是我们邻居家养的猎犬，在赛跑这件事上，它所向披靡。

至于我，我情不自禁，就是会一直来回跑。只要一往回跑到汤姆、爸爸和比利身边，我就会转身，再次冲向前，鼻子迎着风，陶醉在眼前开阔的景色里，直到爸爸的声音再次响起，叫我遵守秩序：

“格伦，等等我们……”

随着不断地来回跑，我完成了原定行程的两倍、三倍、四倍……

“停下来，格伦。”爸爸说道，“你会累坏的，累得回不了家。”

我当然回得了家！我离筋疲力尽还远着呢。

而且，恰恰相反。

越是跑步，我就越觉得生命在升华。我可以跑上好几天，一直跑到澳大利亚的尽头，跑到……我想象不到澳大利亚的尽头有什么。

那一年，我八岁。

四

韦弗利公墓的小插曲

我们在街区里很出名。

“看，这就是吉米和他的儿子们。”人们看着我们路过的时候说。

而且，他们还会主动跟我们打招呼：

“你好，吉米！你好，比利！你好，格伦！你好，汤姆！”

我们一般会微微点头回应。如果跟打招呼的人很熟，我们就会说：

“你好，帕克夫人！”

或者：

“你好，谢帕德先生！”

克洛夫利就像一个小村子，或是一个位于悉尼这个大城市边缘的小城镇。

绿地保龄球场旁边，就是韦弗利公墓。汤姆只有在经过那里时才会稍微加快脚步——他不喜欢那里。我想他是害怕。

我则正好相反，我在那里总是放慢脚步。一座座墓碑沿着小山排列，一眼望不到尽头。那些墓碑面向大海。我想，在那里，在交织的海浪声和风声中长眠感觉应该还不错。

有一天，爸爸背朝大海宣布：“我们要跑着穿过那个公墓。”

跑到山顶感觉会很有意思，路程既有趣又漫长，我真的很想知道山的另一边有什么。

我抬着头向前跑，一直期待跑到尽头会看到一幅巨大的全景图，确信它会展现在我面前。

但是地平线一次又一次不停地后退。这座小山实际要比看上去高很多，也大很多，而覆盖在上面的坟墓数量更是难以估量。

就这一次，我们全都在一起。我领先几步，身后是汤姆，接着是爸爸，最后是比利。突然，一阵电话铃声响起。我们惊讶地停下，环顾四周，这里应该只有我们几个呀。

汤姆抬起头，瞪着大眼睛，担忧地看着爸爸。比利嘴角露出一丝微笑——他已经发现在几座坟墓之外有一个男人，他的身影一部分藏在一棵树后面，但比利什么也没说。

爸爸最后耸了耸肩，说："或许是哪个亡灵接到了家人的电话吧。"

汤姆哼唧着扑到爸爸身上。他搂住爸爸的腰，双腿缠住爸爸的腿，把头埋进爸爸的怀里。爸爸吓得踉跄了一下，随后恢复了平衡。

"这只是个玩笑，汤姆！"他安慰道，"只是

一个玩笑！”

汤姆什么都听不进去。他不停地哼唧，害怕得在原地扭来扭去，于是爸爸抱了抱他，汤姆把头靠在爸爸的肩膀上。

爸爸非常尴尬，不知如何是好。“没事了，没事了。”他亲吻着汤姆的头发，低声说道，“这只是个玩笑，没什么。”

他看着周围，补充道：“我们从另外一条路回去吧。”他走向通往邦德力街的石阶。在踏上石阶之前，他转身朝向我们。

“你们来不来？”

汤姆被爸爸抱在怀里，看起来像个小宝宝，而爸爸就像一个巨人。我们一言不发地加入了他们的行列。

我从来不知道这座山有多高，也不知道地平线那边到底有什么。

五

爸爸想了一个主意

我觉得为了让汤姆对跑步产生兴趣，爸爸想尽了办法。

有一天，他回家的时候带了一个礼物给汤姆。汤姆扑向礼物，撕开包装，看着里面那个奇怪的东西。

那是一个颜色鲜艳的硬塑料头盔。一部分是黄色的，另一部分是红色的，固定头盔的带子是绿色的。

但这个头盔最独特的地方不是颜色，而在于

固定在顶部的螺旋桨。

我的弟弟汤姆用指尖捻着螺旋桨问道："这是用来做什么的？"

"明天你就知道了。"爸爸故作神秘地回答道，"现在，我们来试一试。"

他把头盔戴在汤姆的头上，调整了带子的长度。然后，爸爸站在汤姆的身后，看着他，先是皱起眉毛，接着眉头舒展，粲然一笑，大声说："你很帅！"

汤姆看起来像个小丑或是一个外星生物，但他非常开心。

"等着瞧吧，"爸爸补充道，"有了这头盔，你跑起来会快一倍。"

我心中升起一阵嫉妒。如果这个头盔真有这样的功能，为什么爸爸要把它送给汤姆而不是我呢？

再说，这个东西是怎么运转的呢？

我第二天就知道答案了。

当汤姆比平时更有精神、更有活力地起跑时，头盔顶部的螺旋桨转动起来了。

“它在动！”爸爸惊呼道。

爸爸半蹲，保持和汤姆一致的高度，跟他解释道：

“看，你跑步时，头盔顶部的螺旋桨会迎风转动，所以它会带着你前进。难道你感受不到头顶上的能量吗？”

“哦，感受到了。”汤姆一脸肯定地回答。

比利和我已经明白，这就是个天大的笑话。很明显，没有什么东西能让一个人跑得更快。

快到中午的时候，我的弟弟也意识到了这一点。

他满脸通红，大汗淋漓，一脸怒气地停下脚步，摘下头盔，怨恨地看着爸爸。

“这没用！”

“完全没用吗？”爸爸吃惊地反问道。

“一开始有点作用。”汤姆承认。

“啊，你看吧。”

“但后来就没用了！”

“可是，”爸爸说，“销售员跟我保证……”

面对弟弟愤怒的眼神，他没有把话说完。

在接下来的几天，我们又一起跑了好几趟，汤姆往常的哼唧声又回来了。不过，他还是把头盔保留下，每次跑步时还会一直戴着。我想，他特别喜欢擦肩而过时人们转过头来看他的样子。他们好奇他安在头顶上的那个有趣的螺旋桨是什么。

六

两种语言在吟唱

经过“公墓电话”事件后，我们养成了从另一条路回家的习惯。

到了巴洛斯公园，我们没有左转而是右转。那边的小路沿着长长的海湾向下蔓延。那里的海面平静，几乎像一面镜子，尽头是一大片沙滩。这是那些带小孩来的家长最喜欢的角落，因为这里的水很浅，孩子们可以安全地玩耍。

这也是我弟弟最喜欢的角落。

但他和那些家长的理由显然不同。

我们还在坡上，耳边就传来了第一阵音乐声，那欢快、细腻的音乐让我们欣喜若狂。

“他在这儿！他在这儿！他在这儿！”汤姆叫喊着，加快了脚步。

“他”就是卖冰激凌的人。他的小货车是个奇观——颜色鲜艳，看上去就像一座带轮子的小房子，附带花窗帘和小小的白色窗台。小货车沐浴在轻快的音乐声和海面反射出的光芒中，美不胜收。

“真是不可思议。”爸爸喃喃自语道。

我们知道他是什么意思。驾驶这辆漂亮的小货车的司机就是卖冰激凌的老板。他胖乎乎的，脸红彤彤的，蓬头垢面，不爱干净，一点也不讨人喜欢。

“这样邋遢、看起来脾气又火暴的人怎么能把面包车装饰得那么温馨可爱呢？”爸爸困惑地自言自语。

不过无所谓。虽然车很漂亮，老板很邋遢，但冰激凌还是很好吃的。爸爸的口袋里经常装着一些零钱。我们望着大海吃着冰激凌时，爸爸会一边叹气，一边说："你们的妈妈又要骂我了。"

"我们什么都不会说的！"我们异口同声地保证道。

我们的妈妈不跑步。

这也许是因为她来自地球另一端的国家，而爸爸出生在澳大利亚这片广袤的土地上。

我们去过乔伊爷爷家几次，知道"广袤的土地"意味着什么。车程长达数十个小时，公路延绵不绝，直接通向大草地的中心地带。农场在一条几公里长的小路尽头，爷爷家的房子就建在山脚下。

周围空无一人。没有村庄，也没有其他住宅，只有无边无际的空旷。我很理解爸爸怎样养成了跑步的习惯。这么大的空间确实可以让他尽情奔跑……

妈妈来自法国，那里没什么可看的。

她本来还说在法国某些地区也有广阔的空间，但后来她改变了说法：“不像这里。”

她说这些话时，面带沉思，但我们知道她并不后悔。

她来到澳大利亚的时候还很年轻。起初，她打算用一年的时间边旅行边打工。后来，她遇见了我爸爸。那时爸爸离开了爷爷的农场，去悉尼学习。我的爸爸妈妈就是在那里相遇的。

然后，妈妈留在了这里。

他们一起去过法国三次。第一次，是在他们结婚前；第二次，是在比利出生之后；第三次，是在我出生之后。我对此毫无印象，比利说他还记得，我也不知道他说的是不是真的。

虽然我并不了解妈妈的祖国，但我会说法语。

妈妈定了一个规矩：我们生活在澳大利亚，

在学校里和出门在外的时候讲英语；然而在家里，所有人都要说法语，包括爸爸。

“这会让他们的大脑变得混乱的。”爸爸说。

他说法语的口音很好笑，尤其是“r”的发音，没少让他闹笑话。但是，尽管他在自己的祖国生活，而且很少去法国，他依然遵守妈妈的规矩。

“我不希望孩子们不懂自己妈妈国家的语言。”妈妈说。

妈妈说英语时从未摆脱自己的法国口音。每当她与某个人初次见面，说不了几句话，那个人就会问她：“你来自哪儿？”

比利、汤姆和我以前经常听爸爸妈妈模仿对方的口音聊天，从中得到许多乐趣。我们也模仿他们，我们五个经常笑个不停。

今天，我突然想知道我们兄弟几个是不是也有口音。之前，我们谁也没有想过这一点。

说到混乱，爸爸错了。

我们的大脑一点也不混乱——反正我没有出现这种情况，反而极有条理。我说英语的时候，有时会用法语思考，反之亦然。因此，这两种语言始终同时存在，密不可分。

我记得自己曾试着向家里人解释这一点，但他们都皱着眉头，不明白我的意思。我没有坚持解释。我就这样快乐地生活着，爸爸来自澳大利亚，妈妈来自地球的另一端。而他们所说的两种语言在我的心里和脑海里吟唱。

七

只属于我和爸爸的秘密夜晚

我九岁，然后是十岁。

比利十二岁，然后是十三岁。

他推脱说自己有其他活动，没再继续跟我们一起跑步。

至于汤姆，有一天妈妈点明："他不喜欢跑步，吉米，不要强迫他。"

爸爸起身惊讶地看着妈妈，问道："他不喜欢跑步吗？"

"不喜欢。"

“他是这么跟你说的？”

“我就是知道，而且这个头盔真的很滑稽。”她补充道，声音里带着一丝愠怒。

“是吗？你这么认为吗？”爸爸尴尬地低语。

“对，别烦他了。”

“可是……”

“别这么固执，吉米。你会让他这辈子都不喜欢运动的。”

爸爸看上去非常失望。他怎么也没想到自己的一个儿子会不喜欢跑步。

“以后，也许他会喜欢上跑步的。”他嘟囔着。

我再也不用像小狗那样来回奔跑了。现在，爸爸只有我这个唯一的伙伴，他可以按照自己的节奏来跑了，我则跟着他。我们朝着地平线飞奔，头也不回地径直向前。

我相信自己可以跑上几个小时，但是爸爸坚持要停下来。

他把水瓶递给我，说："别喝多了，就一口。"

他靠在篱笆上，拉伸腿部。我也学着他的样子做。

"绷紧你的脚背。再多一点。抬起头来。"

我接受他的建议，立刻照做。

在课堂上，或者每当我必须静坐一会儿时，腿部有时会有像针扎一样的感觉。

我缓慢地伸展双腿，先拉伸一条腿，然后换另一条，接着两条腿一起拉伸。我做了几次深呼吸，就像爸爸教我的那样。

我们的路线不再有任何限制，悉尼对我们敞开了怀抱。因此，我们探索了一切可以接触到的地方。我们沿着海岸线一直跑到塔玛拉玛海滩、邦迪海滩，甚至多佛高地。

我们向南跑到库吉海滩、米斯特拉尔角和马鲁布拉海滩。我们在步行桥的板条上奔跑，在小路的泥土上奔跑，在岬角的草地上奔跑，在柏油马路上奔跑。

我们躺在悬崖顶上，一群海鸥从我们头顶飞过，在蓝天和白云的映衬下显得格外洁白。也许，我伸出手就可以触碰到它们。不，它们飞得太高了，也太轻盈了，一阵风就能把它们吹走。

我们躺在布朗特沙滩上，一阵海浪掠过我们的运动鞋，在我们的脚边留下一道泡沫的痕迹。

我们坐在杰克万尼公园的长椅上，看着从邻近机场起飞的飞机伴着轰隆隆的声音飞过，然后消失在海的尽头。

我们分享了一些饼干和爸爸装在水壶里的最后一滴水，然后找到一个喷泉。我们在那里向对方泼水，尽情欢笑。

回到家，我们听着妈妈的责骂声。

“你这样对他不好！他还在长身体。我不知道他这样跑来跑去对身体好不好……”

我们小心翼翼地不回答。

我们也在晚上出门跑步。

我们出门时，太阳刚刚消失在地平线上。但它的光芒持久不散，映照在一座座房屋的玻璃窗上。

我们的脚踩在地面上，没有发出任何声音。海面变得更加平静，只有悦耳的海浪声传入我们的耳朵。四处无人，只有爸爸和我，一前一后，像两个形影不离的影子。

然后天黑了下来。

我们停下脚步，把头灯固定好，再次出发。光圈在我们面前舞动。我们本能地把脚抬高，以免被绊倒。我们跳起来的时候好像比跑的时候还多。

我们靠在海边的矮墙上休息，爸爸说："把头灯关上吧。"

我听爸爸的话，关上了头灯。

他伸出胳膊，指向前面说："看。"

海面上浮着一大片银色的光影。爸爸举起手，指向天空。月亮挂在那里，又圆又白，它的影子倒映在水面上。我仰起头，天空中全是星星。

我从未体会过这样的寂静时刻。

我和爸爸在这样的寂静里待了很久。再次出发时，我们的腿都有些僵了。

爸爸说：“刚才我们坐下来之前应该先伸伸腿。”不过，在我们往戈登斯湾跑的路上，手脚还是渐渐暖和了起来。

妈妈在客厅等着我们，不出意外地又骂了我们一顿。

“你们去哪儿了？我很担心！你注意时间了吗？”她又训斥爸爸，“他明天还要上学呢！”

我和爸爸短暂地看了彼此一眼，然后我跑去洗澡，接着爬上床睡觉。

“你把我吵醒了！”睡在隔壁床上的比利不满地吼了一句。

我想他其实没睡着，他在等我。

八

像翅膀一样

我们扩大了跑步的活动范围。

我们乘坐公共汽车来到波茨角，然后奔跑着穿过街道、码头和公园，一直跑到道斯角。爸爸在那里停了下来。

“就是这儿了。”他说。

我们来到了海港大桥脚下。歌剧院就在我们面前，在海水的另一边，它的屋顶在阳光下展开。

当然，和所有悉尼人一样，我了解那座歌剧院。我们时不时会去那里散散步，吃个冰激凌，看看停泊在码头上的巨型邮轮。

但我从未意识到，爸爸是多么热爱这个地方。

“我第一次来到这个城市时，”他说，“参观的第一站就是这儿，之后便知道我要留在这儿生活。”

我们在这里待了很久，久到爸爸打电话告诉妈妈，我们不回家吃午饭了。

我们沿着码头走，爸爸让我看那些镶嵌在地面上的圆形纪念牌。

他解释道：“每一个纪念牌都是为了纪念一位澳大利亚作家或者曾在这里居住过的其他国家的作家。你看，上面有作家的名字、生平信息和他写的一些句子。”

我们在一个又一个纪念牌之间闲逛，低头阅读镌刻在金属纪念牌上的文字。就这样，我们绕过码头，向歌剧院走去。这段路比看上去要远得多，但我不想跑过去。

脚下的地面仿佛有弹性，周围的空气中充满了话语、呼唤、笑声、音乐和鸟鸣。

随着我们一步步地靠近，歌剧院仿佛在一直变化。它的屋顶不断变化，一会儿分开，一会儿聚拢，一会儿又绽放开来。有时，它们全都是白色的；有时，又近乎是灰色的。

我目不转睛地盯着它，生怕它消失不见。

我们在歌剧院的台阶前停了下来，抬头往上看。

“我要告诉你一件事，格伦。”爸爸说，“你看，我已经来过这儿许多次了，而歌剧院一直都在变化。”

我完全理解爸爸的意思。仅在这一次散步中，我就想象出了几十种不同的画面。

爸爸轻轻地笑了。

我疑惑地看着他，他揉了揉我的头发。

“你可以相信，格伦，这座歌剧院的屋顶

就像一双巨大的翅膀，如果我们能把它们挂在脚上……”

“我们就是插着一双翅膀的巨人。”我喃喃地回应道。

九

我心中的巨人陨落了

在我十岁八个月零三天时，爸爸失踪了。

他离开家门，再也没有回来。

在返程的路上，爸爸乘坐的飞机坠毁了。

在从乔伊爷爷家返回的路上。

他是去那儿帮爷爷打理一桩生意的。

我想他是去帮爷爷卖地。我也不太确定。

人们在库伯佩迪北部的沙漠里发现了那架飞机。

一开始他们没有立即找到那架飞机。它坠

落在一个偏远地区，恶劣的天气令救援队无法出发。没有任何路可以到达那里。一个星期以后，他们才终于发现了飞机的残骸。

任何人都无能为力。

几天前我们送爸爸到机场，看着他乘坐的飞机起飞，而那架飞机如今已经支离破碎。

我对爸爸最后的记忆是他在登机前对我眨眼睛，以及他在我耳边说的那句话，只对我说的那句话："巨大的翅膀，格伦……"

他不知道，即使是巨大的翅膀，也会有被折断的一天。

十

格伦，我是格伦

妈妈不再开口说话。

她做好饭菜，把餐具放在桌子上，但她不吃东西。

我们不再去上学。

她不再催我们去洗澡，汤姆甚至不洗脸刷牙了。

比利试图控制局面，让大家振作起来，毕竟他是我们几个孩子中的老大。有一天，他板着脸说：“我是长子。”

他不知道自己还能说什么。

家里的长子有什么意义？爸爸已经不在了。

不久，外公外婆从法国赶来，他们立刻知道了该怎么做。

外婆收拾好屋子，给汤姆洗了澡，说我们第二天就该去上学了。

汤姆很快就喜欢上了外婆，尽管他几乎不怎么了解她。从他出生到现在，外公外婆只来探望过我们三次。但这并不重要。外婆到来的那天晚上，汤姆躺在她的膝盖上，又开始吮吸拇指了。

外公带着我们——比利和我，朝着巴洛斯公园走去。我们没有跑步，而是去打球。

比利尽其所能地表现自己，他想让外公高兴。而我不在乎，无论是打球还是别的什么运动，对我来说都没有区别。

在回家的路上，外公走到我们中间，把两只胳膊搭在我们的肩膀上，左胳膊搭在比利的肩膀上，右胳膊搭在我的肩膀上。走了几步后，他把比利拉到身边，神情严肃地宣布：

“比利，你是家里的长子。”

好像我哥哥不知道似的。

然后他转向我，默默地抚摸着我的头。

我安静地低着头。

那我是什么呢？

“格伦，你是格伦。”在我的脑海中，有个小小的声音低声说。

直到今天，我还会回想，那个声音说的是法语还是英语。

十一

前往地球的另一端

我的外公外婆住在法国城市图卢兹的郊区，我们以后就要住在那里。

那里有一些树，也靠近一条运河。

我对这趟旅途的记忆不多——长达几十个小时的飞行，在巨大的机场里转机，陌生语言交织在一起的声音，以及到达目的地后那辆把我们送到外公外婆家的出租车。

我嘴里有股怪味。

我一直在想乔伊爷爷。我们离开悉尼的时候，

出发/到达

他没能来和我们道别。我们什么时候才能再见到他呢？

一到达法国，我大脑中的语言平衡就失调了。不管我是用法语还是用英语思考，只要一开口，我说出来的总是英语。我尝试了各种办法，但都不管用。我听得懂也看得懂法语，却说不出来。我们咨询了医生、心理学家和言语治疗师，但都没有成效。

没过多久，我们来到了新学校。

比利上中学，读初中二年级；汤姆和我上小学，他读三年级，我读五年级。

"如果不说法语，格伦会跟不上课程的。"妈妈边叹气，边说。

她错了。

我说英语，班上的同学们都很惊讶。

我的老师德斯特斯女士非常高兴。全班同学都很喜欢英语。我总是在口袋里装着笔记本和铅笔，遇到其他人听不懂我在说什么时，就用法语在本子上写下来。

生活重新开始了。

我们早上起床去上学。我们散步，参观整座城市。比利交到了一些朋友，汤姆也是。妈妈说她要去找工作。尽管外婆向我们保证，我们想在她家待多久就待多久，她家很大，空间足够了，但妈妈说这不是理由。我们渐渐安顿了下来。

生活重新开始了，但不再有滋味。日子一天天过去，日复一日地重复着。我没有任何期待。只有当我们在户外的时候，我发现自己期盼着听见大海的声音。

然而，我们离大海很远。

“我们春天再去海边，等天气好的时候。”外公说。

我数不清离春天还有多少天。再说，我也不在乎。我现在只想马上看到海，听海浪从远处涌来，听海鸟鸣叫。

日子一天天过去，我开始观察起我的家人，有时觉得他们就像陌生人。

比利似乎适应了新生活，显得很自在。在餐桌上，他讲起自己上的中学，就像已经在那里待了很久。他还像大人一样参与妈妈、外公和外婆之间的对话。

汤姆作为家里最小的孩子，也找到了自己的定位。他最喜欢坐在外婆的腿上，尽管妈妈会对他念叨："你太重了，汤姆。这样会把外婆累坏的。"

"没关系。"外婆会表示反对，然后把弟弟紧紧地搂在怀里。而我是家中的老二。外公外婆不怎么懂英语，所以我没怎么参与过他们的对话。至于外婆的腿——我真的已经是个大孩子了，不适合坐在那儿。不过，如果她抱着我，在我耳边温柔地说话，我也会很开心。

十二

悄悄溜出去

一个星期三，我离开了家。

这是我第一次独自出门。妈妈对我的要求很严格。比利可以在没有大人陪同的情况下出门，只要他说清楚自己要去哪里。但妈妈要求汤姆和我出门时必须有人陪同。

“他们一点也不了解这个国家。”她向外公外婆解释道，“等他们适应了再说吧。不管怎么样，汤姆太小了。”

汤姆太小了，那我呢？就因为我们上同一所

学校，我就得遵守跟他一样的规矩吗？这对我来说不公平。

那个星期三早上，比利去上学，汤姆在房间里玩。妈妈和外婆出门去买东西，外公在车库里修修补补。我趁机偷偷地溜了出去，没人注意到我。

随妈妈怎么想吧。我已经全面地了解了这个街区。我沿着街道走，左转，经过一条长长的林荫道——两边都是房屋——然后来到运河边。

水面呈绿褐色，平静，毫无波澜。运河两边的一排排树木绵延不绝。

沿着运河，右边有一条土路。我向那里走过去。一种奇怪的刺痛感从我的脚底升起，沿着双腿、腹部、肩膀、手臂一直蔓延到指尖。

不知不觉间，我开始奔跑。

我跑了很久。

绿色的水面平静无波，树也似乎长得一模

一样。

运河时而弯向一个方向，时而又拐向另一个方向。

有时我会遇到另一个在跑步的人。他会不紧不慢地向我挥手打招呼，好像我们彼此认识一样，我也会挥手回应。

我没有感到疲倦或气喘吁吁。但来到一座桥上时，我停下了脚步。现在几点了？我不知道从出门到现在已经过去了多久。我急忙转过身，朝另一条路跑去。

还是绿色的水和一排排树木，然后是林荫道和小街，最后是房屋。

我的心怦怦直跳，赶紧溜进家去。汤姆和外公都在车库，我能听到他们在聊天。妈妈和外婆还没回来。我溜进卧室，然后又溜进浴室。热水从我头上流过，我终于感觉到自己还活着。

这是我第一次在没有爸爸陪同的情况下跑步。

我脑海中浮现出爸爸用英语说的那句话。

水不断打在我身上，我蜷缩着，颤抖着，无法控制地抽泣着。眼泪和洗澡水混在一起，我在浴室里待了不知多久，直到妈妈敲门叫我："格伦，你洗好了吗？过来帮我整理东西。"

十三

凌空奔跑？

接下来的几个星期三，我又开始跑步了。

我有自己的习惯。我悄无声息地离开家，就像一个影子。我清楚地知道在有限时间内我可以跑多远。我总是认真地完成同一条路线，眼睛看向平静的水面。我经常遇到同样跑步的人。我们认出了对方，或是他们认出了我。

比利加入了学校的篮球俱乐部。有比赛的时候，他会在俱乐部度过星期三下午和整个星期六。妈妈建议汤姆去练柔道，他非常高兴。

“那你呢，格伦？你想做什么运动？”外公问我。

我摇了摇头。

我不想做其他运动，更别说加入什么俱乐部了。我只想沿着运河奔跑，一个人跑。因为爸爸已经不在了，而我的兄弟们都忘了我们曾经一起去海边跑步。

一星期只有星期三出门跑一次，这对我来说已经不够了。我要怎么躲开妈妈和外公外婆的视线呢？

我和朱利安很投缘。在所有的同学中，我最喜欢他，因为他和我一样话不多。

他很幸运。他的爸爸妈妈要工作到六点半才能回家。自从五年级开学以来，他就把家里的钥匙挂在脖子上，独自回家，一边学习，一边等他们回来。

朱利安和我有一个秘密约定。每天晚上，我

都会告诉妈妈，我要去他家玩一会儿。当然，我不会让妈妈知道只有我们两个人。

作为交换，我会帮朱利安补习英语。事实上，他很喜欢听我说英语。在我的帮助下，他取得了飞跃式的进步。

然而，真相是我没有去朱利安家——我去跑步了。

我没有沿着运河跑——那样会花太长时间——而是在学校附近的一个公园里跑。

天气好的时候，朱利安会陪着我。他坐在长椅上，帮我看着书包，等着我。

我们四点半出门，而我必须在六点前回到家。除去在路上花的时间，我还能跑一个小时。这还算不错。

没有爸爸在，跑步不像以前那般轻松。他不再待在我身边，给我建议。我还记得他曾跟我说过要注意呼吸、气息、伸展，以及摆放双脚和放松脚踝的方式，但肯定还有许多我不知道的技巧。

我从图书馆借阅书籍和杂志，观看电视上的田径比赛。妈妈非常高兴，满怀期待地问我：“你想不想加入田径俱乐部？”我摇头拒绝。

比利笑着说：“格伦喜欢坐在沙发上做这项运动。”我装作没听见。

有一天放学时，朱利安说：“你今天别去跑步了，到我家来吧。”

“为什么？”

“昨天电视上播放了一个节目，我录下来了，你肯定会感兴趣。”

朱利安说的那个节目非常精彩，是关于长跑运动员和马拉松运动员的。

“这就是你跑步的原因，对吗？”朱利安问，“为了有一天能参加马拉松比赛？”

我不知道该如何回答他。我不知道自己为什

么跑步。最后，我在自己的笔记本上写下：

别夸张了！马拉松有四十多公里！我还没跑过这么远的距离呢。我都不知道自己跑了多远。

“我同意。但无论如何，你对短跑不感兴趣，你适合当长跑运动员。”

“或许吧。”我承认道。

“那是肯定的！你看吧……”

那个节目里出现了一些来自非洲埃塞俄比亚高原的运动员，他们的跑步方式很奇特：先让脚掌着地，而不是脚跟着地。

“看慢动作。”朱利安用专业的口吻说道。那些慢动作非常漂亮，简直令我叹为观止。选手们在跑道上腾空而起，迈开双腿，几乎不接触地面，在空中待的时间似乎比在地面上还长。

“你看，相比之下，这个人看着多么笨手笨脚。”朱利安评论道。

他说得有道理。屏幕上那个正在奔跑的运动

员每跑一步都将脚后跟重重地踩在地面上，我感觉坚硬的赛道仿佛在我的膝盖上回响。

“他简直是在跺脚。”朱利安评论道。

“那造成这种差异的原因是什么呢？”我在笔记本上写道。

“解说员说，居住在高原上的这些人一到能用双脚站立的年龄，就会赤脚走路。因此，他们的双脚柔软有力。他们还习惯奔跑，因为那儿没有任何交通工具，他们每天都要步行很远的路。”

“但他们为什么不像我们一样先把脚后跟放下来呢？”

“因为地面太硬了！他们通过脚掌来吸收土地振动的力量，然后再反弹回来。”

我们一直把节目看完。其中有一段，解说员聊到我们人类是狩猎采集者的后代，每天都需要活动。我瞬间明白为什么只在教室里坐着上了一个小时的课，自己的双腿就开始发麻了。

September
2025

临走的时候，我问朱利安：

“你觉得我应该试试赤脚跑步吗？”

我说的是英语，但朱利安听懂了，因为他回答道：“无论如何，你可以试试。”

十四

一次失败的尝试

在接下来的星期三，我听从了朱利安的建议。

一到运河边，我就脱下了运动鞋和袜子，然后把它们都藏在一个灌木丛后面。接着，我便开始飞奔。

太疼了，实在是太疼了。但我咬牙坚持着。

“这只是因为你还没有习惯。”我对自己说，“你的脚会适应的。”

我在路上遇到的其他正在跑步的人都向我投来好奇的目光。

我没有分散注意力，只关注如何让自己的脚落地，先是脚掌，然后是脚跟，却总是不能成功。

这很困难，我的脚趾一触到地面就会抽搐，好像很害怕似的！而且，总会有小石子扎到我的脚。我一直盯着小路，试图找出最光滑、最柔软的地方。

但我做不到。

在返程的路上，我没有跑。我痛苦地向前蹒跚着，焦急地寻找存放着鞋子和袜子的灌木丛。终于找到了，我发现自己的脚流血了。我艰难地穿上了袜子和运动鞋，一瘸一拐地走回家，眼里噙着痛苦的泪水。

我知道自己到家时已经很晚了。妈妈正在门口气急败坏地等着我。

她一见到我立刻开始吼：

“你知道你把我们都吓坏了吗？要不是外公拦着，我早就报警了！”

外公沉声劝道："别太夸张了。我说过他离家不远。你是沿着运河跑的，对吧，格伦？"

我惊讶地看了外公一眼。这么说，他知道了？

妈妈也明白过来了。她冲外公怒吼："你知道这件事！"

"知道一些！"外公吼了回去，他的脾气也不小。

"我不知道你的这个小游戏进行了多久，但无论如何，它该结束了。"妈妈严肃地说，声音听起来很嘶哑，"听到了吗，格伦？这一切结束了。我不希望你再一个人出门，更不希望你沿着运河跑步！"

她转向外公继续说道：

"你怎么能这样不清醒。你想想看！他可能掉进水里，也可能被人袭击……"

接下来的话我几乎听不清。无论如何，我现在不想跑步了，我的脚太疼了。

“你最好先照顾好他。”外公插话道。

“为什么？”妈妈问道，她终于注意到我可怜的样子了，“格伦，你怎么了？”

我泪流满面。

“我的脚……”我结结巴巴地说。

十五

组成新团队

有两个星期，我的脚一着地就疼，上学都得拄着拐杖。

“看来赤脚跑步并不是一个好主意。”朱利安指出。

“我只是不习惯……”我用英语嘟囔着。

后来我的伤口愈合，一切都恢复如常。

除了不能沿着运河跑步。

尽管我努力争取过了。

“妈妈，我向你保证，我现在对附近很熟悉。

去运河边跑步没有危险。而且，有很多人也在那附近跑步。”

“我说不行就是不行。如果你想跑步，就去参加俱乐部吧。”

我转过身去。我不想参加她说的俱乐部。跑步是我和爸爸之间的事。

这时，外公插了进来。

“我带他去跑步。”

“哦，算了吧，爸！”妈妈抱怨道。

外公之前为我的出格行为保密，妈妈还没原谅他。

她接着说：“再说了，你从来没跑过步！而且你这个年纪也不可能开始跑步。”

外公平静地说：“我没打算去跑步。我只是和他一起过去，在旁边看着他，仅此而已。如果他同意的话。”他看着我补充道。

我没有犹豫多久就点头同意了。

“这对他有好处。”外公争辩道，“他需要锻炼身体。如果他不想加入任何俱乐部，去运河边跑步是个不错的主意。我们有幸住在运河旁边，得好好利用这一点。”

妈妈开始动摇了：“你保证不会让他离开你的视线。”

“我发誓。”外公郑重地保证道。

就这样，我又开始往返跑了，就像汤姆第一次和爸爸、比利、我在一起跑步时一样。

外公在后面悠闲地走着，我一直跑在前面。如果我跑出外公的视线，他就会喊：“格伦，等等我。”

随后我便在原地转身，保持节奏，跑回到他身边。

我们每个星期三早上都去跑步，周末也去。白天渐渐变长后，我们也会在平时的晚上去运河边。有时，朱利安也会来，他会跟在我们后面，和外公一脸严肃地讨论我的进步。

外公既不会说也听不懂英语，而我的嘴里连一个法语单词都蹦不出来，但我们相处得很融洽，如果有什么误会，我会用笔记本来解决。

外公也参与进来。他查阅专业杂志，咨询熟人，鼓励我并为我提供建议。

有一天，当我跑回到他身边时，他说："1分28秒。"

我疑惑地看着他，于是他把手里的东西展示给我看，那是一个秒表。

"我从喊你的时候开始计时，你跑到我跟前用了1分28秒。有了这个东西，我们就能了解你跑步的速度，以及你在什么时候会慢下来。"

我意识到，外公已经把我的训练看在眼里，并把它当作一件严肃的事。

我还意识到，妈妈已经没办法阻拦外公和我了，因为她什么都试过了。她发现我们离家外出跑步太频繁了，便总找各种借口，比如说：

“格伦累了。看，他脸色这么苍白。”或者说，“格伦还没做完作业。”

外公对这一切都有应对之法。

“呼吸一下新鲜空气对他有好处，会让他气色更好。”“作业？哦，他做完了。他五分钟前就背给我听了。”

“爸爸，你看起来脸色不太好，而且运河附近很潮湿……”

“我脸色不好？”外公反问道，“我从来没觉得自己像现在这样健康！”

外婆没有干涉我们，照顾汤姆占用了她大部分时间。而比利只是鄙夷地看着我们出门，他所在的篮球队入选了地区锦标赛。不过，这和跟外公一起外出，沿着运河跑步是两码事！

外公和我没有理会他们，我们有自己的作息。运河的沉静取代了大海的波涛，风穿过梧桐树的呢喃取代了海鸟的叫声。我期待着跟外公一起出门。

我们沿着运河奔跑，从这边到那边，直到我对这一路上的颠簸之处通通了如指掌。

我们沿着河岸奔跑，呼吸着跟随汹涌的河水而来的山间空气。

我们沿着山间小路奔跑，上山，下坡。

我们在山谷小路的两侧向对方打招呼。我在一片未成熟的麦田前跳来跳去，他站在一棵树下，手里拿着秒表。

我们把车停在图卢兹市中心的新桥上，享受着春天的阳光，看着运河的水流向大海。

我们坐在当代艺术博物馆后面的长椅上，听着河水的流淌声和附近公园里孩子们的欢叫声。

我们观察鸟儿在河边的秘密角落里飞行。

我们在卡皮托尔广场分享冰激凌，然后前往阳光明媚的多拉德码头。

我们游览了佩希-戴维公园，从远方飞来的飞机从我们上空投下雄伟的身影。

我们聆听妈妈和外婆的抱怨。

“我们总是见不到你们。”

“你们都不回家了！”

“你确定让他接受这么高强度的训练真的有好处吗？”

我们小心翼翼，不作回答。

十六

参加“王者之行”

我满十一岁，接着又十二岁了。

我见到了外公之前说过的大海。水面平静，毫无波澜，清澈的海水绵延到海滩上。

有时候，我们来到海边，看着海浪侵蚀沙滩，一点一点地将它蚕食。它们并不像冲向巴洛斯公园底部岩石的那些海浪那般猛烈。我注视着地平线。这流动的海水来自哪里呢？

“美洲。”外公低声说，仿佛能听到我的心声。

原来，在遥远的地方还有另一片大陆。它和

这片大陆一样吗？

小学毕业后，我去上初中。

起初的那段日子并不容易。

有些老师不满意我只会写法语而不会说，于是把妈妈叫来学校。她解释了我的情况，又带我去看了医生、心理专家和言语治疗师，但依然没有效果。

渐渐地，老师们也习惯了。而且，我是个老实的学生，从未引起过丝毫骚动，成绩也很好。

可惜朱利安离开了。他爸爸因为工作原因被调往另一个城市，他们全家都搬走了。

在我读初中一年级那年的1月15日，外公为我报名参加“王者之行”的活动。运河沿岸每年都会举行这项跑步比赛，有成年人路线和青少年路线。

我在笔记本上写道：“您为什么要给我报名？”

“和别人比试一下对你有好处。”

“我对比赛不感兴趣。”

“我知道。但是你会发现，和一群人一起跑步也别有一番趣味。你会跟随集体跑，你会观察别人怎么跑……”

我想了两分钟。跟随集体跑……爸爸、比利、汤姆和我曾经就是一个集体，爸爸和我还组成了一个小团队。

“虽然大家管这叫比赛，”爷爷补充道，“但这其实根本算不上比赛。没有获胜者。这只是我们开启新一年的一种方式。”

我们在凌晨集合出发，天气很冷。前一天晚上更冷，到处都结了冰，梧桐树上结满了冰霜。从绿色的水面上升起了一片难以驱散的薄雾，让人几乎看不清路。我们喝了点热饮，吞下面包，然后我穿上了印有比赛号码的背心。

我责备地看了一眼陪在我身边的外公。他还说这不是比赛！他明白我的意思，因为他解释道:“这些号码只是为了统计出发时有多少参赛者，以及确保大家接下来不会迷路。”

成年人先出发，接下来是我们这些孩子。参赛者人数众多，远远超过我之前的想象。归根结底，有很多人喜欢跑步。

外公在第一个休息点等我。他递过来一杯水，我慢慢地喝着。然而，我不想耽搁太久，便原地跳了起来。我四肢发痒，心中只有一个愿望：重新出发。

沿着运河向前奔跑，没有任何限制，这让我兴奋不已。渐渐地，我发现自己并不讨厌在人群中奔跑。我的步伐与他们的步伐一致。我看着大家呼出的气息交织在一起，从头顶升起，融入薄雾。

看到终点时，我的脑海中只蹦出了一句话：这就到了！

我没有感到疲惫，也没有气喘吁吁。我还可

以继续跑很久，跑到运河的尽头，跑到海边，因为那就是我要去的地方。但其他人都停下脚步，于是我也跟着停了下来。我在领先的队伍中，不过外公是对的——比赛没有获胜者。

后来，在潮湿闷热的宴会厅里，我们聚在一起吃午饭，颁发奖牌：最年轻的参赛者、最年长的参赛者、最新颖的服装、最有趣的帽子……

外公向我眨了眨眼睛，我也向他眨了眨眼睛。

08
02
07
03
01
04
06

十七

唤醒沉睡的回忆

他们谈起那件事时我正在读初二。

当时，我们都在看新闻。

我们来到法国之后，发现新闻很少提及澳大利亚的情况。即便有，也总是灾害类的报道，比如热浪或者飓风。起初，比利、汤姆和我一听到澳大利亚这个词就会兴奋起来。妈妈则对有关澳大利亚的一切都保持距离。她会听相关新闻，但总是装作不感兴趣的样子。

渐渐地，比利也采取了和妈妈同样的态度。

至于汤姆，他已经对澳大利亚完全失去了兴趣。我想，他甚至开始忘记在那里度过的岁月了。

很少有什么会将我们和这个国家再联系起来。除了乔伊爷爷，我们和爸爸的其他亲人并不熟悉，只见过姑姑和叔公一两次，我对他们没什么印象。如今，乔伊爷爷远在世界的另一端，在澳大利亚的中部，他的农场位于一片广袤大地上的小径尽头。

乔伊爷爷定期给我们写信，我们也给他回信。我们还会在新年和他生日时给他打电话。听到他的声音让我们感觉很奇妙，好像他就在我们身边，而我们知道其实他远在地球的另一端。

那天晚上，我们正在看体育新闻，比利很关注篮球比赛的结果。当时新闻里还没有提到篮球，我们也没太注意，悉尼歌剧院突然出现在外公外婆家的电视大屏幕上。那一刻，我们都被眼前这令人震撼的图像惊呆，陷入了沉默。

其实，从我们离开澳大利亚以来，我时常梦见歌剧院的画面。我还在班里以歌剧院为主题，用英语做过一次演讲。但是这一次，歌剧院的画面不期而至，我们静静地待着，陷入沉思，像是都被催眠了一般。

悉尼歌剧院看起来和我记忆中的样子一模一样——矗立于水面之上，在阳光的照耀下闪闪发亮，随时准备起飞。在它身后，海港大桥弯曲成一个优雅的拱形。

这一切只持续了几秒钟，然后镜头就像记者所说的那样拉近，来到了大桥上：

“虽然距离比赛还有几个月的时间，但悉尼已经开始为比赛做准备。预计将有超过三万名选手参加这项比赛，这将是世界上最受关注的马拉松赛事之一……”

当未来的马拉松赛道画面在屏幕上闪过时，

我的耳朵嗡嗡作响。屏幕上浮现出一些描述："一条全新的路线""在悬崖上""在植物园""当然，终点线保持不变：它将设置在由……设计的著名歌剧院的前院"。

报道在不知不觉中结束了，另一个话题接替了它。

"啊！篮球！"哥哥惊呼道。

我突然站起来，离开了房间。

我真的很难过。

大屏幕上的悉尼如此美丽，唤醒了我太多沉睡的回忆！

无数个念头在我的脑海中翻腾，我只执着于其中一个——去跑悉尼马拉松，尽管我知道这不可能。

一个孩子不可能在十三岁时参加马拉松比赛，还是在世界另一端的悉尼。而且，我也清楚地知道，妈妈并不想回到澳大利亚。

这一晚，我难以入睡。

我哭了。

十八

念头在脑海中翻腾

报道中的那几个画面，轻而易举地打破了我到法国以来好不容易建立起来的脆弱的心理平衡。

在悉尼度过的所有时光都涌上心头，这让我突然意识到，当我在这里沿着运河奔跑、上学时，远在地球另一端的那个城市里，一切都还在继续着。海浪依然拍打着岩石，海滩依然在阳光下延伸。那个城市里依然住着数百万居民，生活依然嘈杂；我们的房子依然矗立在克洛夫利区，而韦弗利公墓的墓碑依然面向大海。

也许，那里还有另一位父亲带着他的儿子们，清早迎着风在人行道上奔跑，而那身影已不再是我们。

接下来的几天里，我很难过。

我没有胃口。

外公问我要不要去跑步，我都拒绝了。我的腿像灌了铅一样，我的大脑和我的心也一样，仿佛陷入了一个无底的深渊。春假期间我们要到山里去度假，我不想去。我想待在家里，等到一切都停下来。总有一天这一切会结束，我等不及那一天的到来。

一星期内我瘦了两公斤，脸色也变得蜡黄。

“你怎么了，格伦？”妈妈吃惊地问道，“你不舒服吗？”

“他在青春期。”外婆回答道，“在他这个年纪，出现这种情况很正常。”

外公什么也没说。

几天之后，我比平时早一会儿到家，意外地听到了外公和妈妈的对话。

他们在客厅，没注意到我回来了，于是我一动不动地站在门口听他们说话。

“你在想什么呢？”妈妈质疑道，“那可是在地球的另一端，你不记得了吗？想想之前每一次你都是怎么抱怨长途旅行的！你又想坐那么久的飞机了吗？”

“反正上一次我并没有觉得旅途很长。”外公回应道。

“那么吉米呢？你忘记吉米发生了什么吗？你想要我准许我的任何一个儿子登上飞机吗？我们坐飞机来法国的时候，已经够让我心惊胆战了。”

“他们总有一天会的……”

“话虽这么说……是谁给他出的主意？”妈妈继续说，“他参加过一些比赛，但从来都没赢过。”

“他不是为了赢而去跑步的。”外公回答道。

“那他为什么跑步？”妈妈生气地说。

“这正是你该问自己的。”

房子里寂静了片刻，接着妈妈用我不熟悉的声音说道：“我不想再谈我在那里度过的日子了，也不愿再想起那里。”

“我明白。可我以为你在那里曾经很幸福。”外公轻声说。

“没错……”妈妈哽咽起来。

我溜回自己的房间，心跳得很快。我还以为她全都忘记了！

接着，一个想法占据了我的脑海。如果我理解得没错，外公可能向妈妈提出了要去澳大利亚旅行的主意！

十九

我和外公做了约定

我恢复了一些胃口。在接下来的星期日，外公叫我去跑步时，我答应了。

梧桐树萌出新芽，鸟儿在树篱里鸣叫。而运河吸收了天空的颜色，倒映出夏天的各种色彩。

我轻快地跑着，步子迈得长长的，重新找回了喜欢的感觉。外公站在驳船旁边，手里握着秒表，注视着我的回归。

“你打破了自己的纪录。”当我在他身边停下来的时候，他告诉我。我伸展大腿，放松脚踝、脚掌和手臂，然后开始转动头部。

就在这时，外公说：“你知道吗？马拉松赛事的组织者通常会把全程和半程马拉松比赛结合起来，还为那些不想或者不能完成长距离比赛的人准备了更短的赛程。后者通常对青少年选手开放……”

我愣住了，转过头看着他。

不，我之前并不知道。

我之前并没有关注过这件事。

“你想试一试吗？”他问道。

我疑惑地看着他。

“我在考虑让你去参加悉尼马拉松。你明白我的意思吗？就是将在9月23日举行的那场比赛。其中有一个赛段就像我刚才提到的那种，叫桥跑，路线全程九公里多……”

我眼前仿佛有星光闪烁，一时就快晕倒了。

“你能听到我说话吗，格伦？”

我振作起来，看着外公的眼睛。他的目光深邃而严肃，我知道他不是在开玩笑。

“你想试一试吗？”

“想。”我用英语低声说。

就连外公也听得懂这句话。他握住我的手，用力捏了捏。

我们刚刚做了一个约定。

二十

即刻出发

后来我才知道，为了达到目的，外公费了多大的精力和口舌。

我们必须说服妈妈，然后是外婆。

他们的每一次争论都会提出新的障碍。

妈妈：“现在快开学了，初中三年级是一个重要的阶段。”

外公：“我们会向学校申请特别许可。无论如何，我们不会离开太久，而且也不是去度假。”

外婆：“你都这么大年纪了，一个人带着孩子出远门合适吗？”

外公：“格伦已经不是小孩子了，而且我还没那么老，别太夸张了！况且，我现在也没有什么事可忙，去远方透透气对我有好处。”

妈妈：“你考虑过旅行费用吗？”

外公：“这就算我送给格伦的生日礼物了。”

外婆：“这是份很好的礼物。那等到比利和汤姆过生日时，你打算怎么办？”

外公：“别担心，到时候我会有主意的。”

妈妈：“你怎么应付得来？你一句英语都不会说。”

外公：“这倒是真的。但是格伦的英语很好。我们可以互补！”

外婆：“参加这种活动肯定要提前很长时间报名。现在还来得及吗？”

外公：“格伦已经报好名了。”

直到外公把机票递给我，并跟我讲明日程计

划时，我才意识到这一切不是梦境。

“我们17日出发，因为有时差，我们会在19日到。马拉松比赛在23日举行，因此比赛开始前，你有三天时间可以休整。我们将在26日返程。你的护照还在有效期，你妈妈会帮你准备一份出境许可。”

我难以置信地看着眼前的机票。然而，这一切都是真的。我的名字和姓氏旁边印着号码，机票上的日期和外公刚才提到的日期一致，行程也很详细：图卢兹—伦敦；伦敦—新加坡；新加坡—悉尼。

接下来，我意识到自己从未参加过这么重要的赛事。我从口袋里掏出笔记本，潦草地写着：

你知道，我不可能赢的。

外公说：“没关系。”

他对我眨了眨眼睛，又说：“但我们还是得训练！”

二十一

直到航班通知广播响起

从拿到机票到我们前往机场的整个过程都很奇妙。

在我的印象中，日子过得很慢，我们好像永远也到不了 9 月 17 日这一天。然而，今天我却觉得时间过得飞快。

外公说：“无论如何，我们都要训练。”

我们确实训练了。

我在外公的指导下训练，外公越来越专业。

他买了一些教材，还亲自去上田径理论课。

他让我做一些特殊的练习，比如跑步时把膝盖抬高，或者做一些蛙跳。

他带我去图卢兹山上有台阶的地方，让我不停地爬上又爬下……我迈着小步慢慢地爬上了山坡，然后加快速度，再慢慢地减速。

外公从车库后面搜罗出旧材料，做成跨栏，我双脚从上面跳过。

我练习用非常小的步幅跑了几公里，远远低于平时的速度。

我躺在家里的花园地面上做仰卧起坐。

“他在锻炼肌肉，强健体魄。”外公语重心长地对汤姆解释道。汤姆一脸嫌弃地看着我，庆幸自己不用参加这样的锻炼。

外公还沿着运河测量距离：三百米、四百米、五百米。我必须把这几个路段连续跑完，每段路之间的恢复时间很短，然后再从相反方向跑回来，五百米、四百米、三百米。我会气喘吁吁地

停下来，累得弯下腰。

“走起来！”外公喊道，“别忘了大口呼吸！”

当我问他为什么要做这样的练习时，他告诉我：“你还需要加快速度和调整节奏。这些长距离的冲刺可以增强你的心肺功能，让你的双腿习惯持续用力。如果你知道自己会对这样的节奏做出什么反应，你就会更了解自己的身体。”

夏天，我们去海边度假。

每天天还没亮，我和外公就起床到荒无人烟的海边去训练。我跑过潮湿的沙滩，一直跑到海边，浪花的泡沫会冲到我的脚上。

接着我沿着沙丘奋力奔跑，每一步都在努力挣脱地面的控制。

我们回家吃早饭，黄昏时再次出发，这次是沿着树丛中的小路进入森林。

我从来没有抱怨过。

我从没听外公埋怨过我们要早起，也没听他

抱怨过我们给自己制定的作息。他从来不会待在我们租的房子里，让我独自出门去跑步。

妈妈和外婆没有干涉我们的日程安排。我想她们已经接受了这一切。

旅行的动机得到了大家的认可，这个议题也就结束了。然而，我还是很想和妈妈谈谈澳大利亚和悉尼，但时机似乎还不成熟。这真可惜，因为我脑子里有很多疑问。我还能认出那里吗？我曾经的记忆准确吗？我不会失望吧？

我将所有这些疑问都憋在心里。跟比利说也没用。他对跑步和我们的旅行都不感兴趣，他有别的心事。至于汤姆，他不曾喜欢过跑步，却总是和他在海滩上认识的那些孩子们一起玩。而且，他似乎没有多少对澳大利亚的记忆。

假期结束后，我们回到了图卢兹。不久后又开学了。然后，出发的日子到了。妈妈和外婆送我们去机场，一路不停叮嘱外公，外公耐心地听着。

我非常紧张，像是一根绷紧的弦。我简直不敢相信，心想或许最后关头一定会发生什么耽搁我们的行程。

但是没有。

我们来到候机大厅。只有我们两个人——外公和我。

我还是很担心。

直到从伦敦前往新加坡的航班通知广播响起时，我才真正相信一切要成真了。十二个小时的飞行，再加上从新加坡到悉尼的八个小时，这下是真的了。

二十二

阳光明媚又强烈

我首先认出的是熟悉的阳光。

我们乘坐列车，从机场来到市区，我呆愣地站在人行道上，把包放在脚边。天空湛蓝，阳光为建筑物披上了一层闪闪发光的外衣，我眨了眨眼睛。

我已经忘记了这里的色彩是多么鲜明活泼，空气是多么清新宜人。心中涌起的情感让我不知所措。

“走吧。”外公拍着我的肩膀说。

我跟着他走上前去。

他在新镇边上的一家旅馆订了一个房间，我并不熟悉这个街区。房间里的设施非常简单：两张单人床，一间窄小的浴室。旅馆餐厅通向一个有围墙的花园，外面就是喧嚣的城市。

我们洗了澡，打开行李，看着彼此。我们一点也不困。一辆公共汽车停在离旅馆两条街远的地方。我们上了车，直奔环形码头。

灯光很刺眼，外公拿出了墨镜，而我则拉低了帽檐。

我惊呆了。

在图卢兹，运河岸边的阳光柔和，投下的光线层次不一，近处有藕荷色的阴影，稍远一点是紫色的阴影，再远处又染上灰色。这里的光线却没有那么复杂，它强烈又欢快地照耀着，地面被分割成清晰的两部分——昏暗的一片和明亮的光池。它让摩天大楼闪闪发亮，让大海熠熠生辉。

我们仿佛在梦境中行走。我们并没有提前商量好目的地，但知道接下来要去哪里。我们步伐一致，走向歌剧院。

那天，歌剧院是白色的，屋顶仿佛翅膀在阳光下颤动，迫不及待地迎接我们。

二十三

只属于我的朝圣

第二天，我们起得很晚，在旅馆吃了一顿丰盛的早餐。

然后我们去了米尔森角，马拉松比赛的起点就在那里。

“今天不用训练。”外公说，“我们只要快走就够了。”

那天吃晚饭时，我跟外公提出了自己的想法。离比赛还剩两天，在这两天里，我希望有一天是完全属于自己的。

“就半天。”外公跟我讨价还价，“你没意识到吗，我连一句英语都不会说。你可不能把我丢下，让我一个人待在这个城市一整天！我太需要你了。”

我笑了。我知道，外公并不想让我独自在悉尼待一整天！他太担心我了。但他知道，如果不让我完成这次只属于自己的朝圣，如果不让我重建在离开这个国家时断裂的纽带，我将永远无法奔跑。

“你确定自己找得到回旅馆的路吗？你确定不会迷路吗？”

我非常肯定。我已经确认过要坐哪一班公共汽车。到了那里，我就会找到那个困扰我许久的问题的答案，我就会知道自己是谁。

二十四

格伦，从始至终只有一个

我走向巴洛斯公园时，心中冒出一种奇怪的感觉。

是我，十三岁半的格伦，刚刚从法国赶来，即将参加悉尼马拉松的桥跑比赛。

是我，八岁的格伦，踏上同样的路，身边有爸爸、比利和汤姆。我的兄弟们在抱怨脚痛、肚子饿、口渴或者只是单纯的累了。

是我，格伦，十岁时和爸爸一起分享奔向大海的兴奋感，迎接来自南极洲的海浪。

还是我，十岁八个月零三天的格伦，得知爸爸永远不会回来了。

哪一个才是真正的格伦？我不知道。

我知道的是，这些格伦同时出发，沿着绿地保龄球场的边缘小跑，来到紧贴悬崖的步行桥，绕过韦弗利公墓，留意着那里不大可能响起的手机铃声。

这些格伦陶醉于海风、海浪拍打岩石的声音和鸟儿的鸣啼，然后任由自己倒在布朗特海滩的沙滩上，双臂交叉，面朝天空，眼中噙满泪水。

这些格伦在黄昏时分与外公相聚，用安慰的眼神回应外公眼中无声的询问，并在第二天全神贯注地为等待他们的比赛做准备。

9 月 23 日上午，这些格伦在米尔森角背着背包，蹦蹦跳跳地等待着起跑。

这天我才想明白，从始至终，只有一个格伦——

一个正在成长的格伦。他在两个国家之间摇摆，头脑中因为有两种语言在进行无情的斗争而一片混乱。

二十五

我做到了！

我们有成千上万人，准确地说，是 34297 名参赛者。其中有 16116 人像我一样，报名参加了桥跑。

我在人群中迷失了方向，看不到一路陪伴我来到这里的外公。我头晕目眩，不知道怎么才能让这么多人同时出发，到达布拉德菲尔德公路。

但外公跟我解释过，大家的起跑时间不一样，是根据选手报名时的成绩来错开的。

“你在第一组起跑，”他解释道，“你不用感到惊讶，到时会有许多像你一样的青少年，但也会有很多成年人。”

我当然很惊讶。第一组起跑的是那些申报成绩最好的人……外公给我报的是什么成绩？

他说：“只要尽力去做就好。”

“这个制度对其他人不公平。”我在笔记本上写道，“如果他们更晚出发，就很难先到终点呀！”

“你的疑惑主办方都考虑到了。每个选手的鞋上都有一个电子芯片。你越过起跑线后会经过一个类似垫子的地方。在那里，你会看到自己的芯片被激活，并记录下准确的起跑时间。在终点也是一样的情况。排名成绩是根据从起点到终点的这段时间来计算的。”

现在，我已经在一只运动鞋上植入了芯片，等待起跑。

这时，我所在小组的出发信号响了。周围的人群开始移动，起初我任由自己被人流带动，不过很快就恢复思绪，跟上了节奏。等来到薰衣草街的路口，我已经找到了方向，并开始上山，在其他选手中穿梭。

“别紧张。”外公在比赛前叮嘱我，“你要保存体力。这是一场漫长的比赛，重要的是跟上节奏。”

我的起跑并不轻松。我太急于想跑到布拉德菲尔德公路——那里直接通往海港大桥——感觉无尽的能量正在肌肉中流淌。

我大步流星地跑着，挺胸抬头，调整呼吸。

我几乎没有意识到我们已经到达了海港大桥。

公共交通都不再运营，人流如潮水般涌过大桥。

我置身于来自各个国家、身材各异的选手中间；我是他们中的一员；我在前进，在移动的双腿和躯体中前进；我越过悉尼港，越过歌剧院，越过这座城市。

我在桥中央听到了那个声音。

那是爸爸的声音。

他说的是法语，带着他那滑稽的口音，逗得我们哈哈大笑。

“你还记得吧，格伦。”他说，“歌剧院的屋顶就像巨大的翅膀……”

他沉默了，而我依然聚精会神，因为我觉得他还没有说完。

他继续说道：“你的心也是，格伦，就像两只翅膀。听听你心中的声音。你能感觉到它们吗？它们张开，它们合拢；它们张开，它们合拢；它们张开……”

我调整呼吸，感觉双腿仿佛在自己奔跑，跨越了海港大桥，超过了我的竞争对手。我能感觉到胸腔里，我的心仿佛拥有了双翼，在不断地张开、合拢。

“格伦，在你这样的心里，有很大的空间。”

我经过海港大桥的南桥塔，开始下坡，沿着

路线向达令港前进，然后返回希克森路。

经过道斯角时，我已成为领跑者中的一员。歌剧院就在对面，在水的另一边，它的屋顶已经展开，仿佛随时准备飞上天空。

我的脚上长着一双翅膀，那是巨人的翅膀。我的心中有两只翅膀，永不停歇地生长。爸爸的声音渐渐远去，但我知道他就在我身旁，就像那天他带我来到这里时一样。我们并肩走着，眼中满是阳光。

当我来到当代艺术博物馆时，前面已经没有其他正在奔跑的选手了。我的脚轻轻地踩在地上，一前一后。我低头看着那些圆形的纪念牌。一块纪念牌上刻着一位作家的记忆。但此刻我不能停下来去读，我的翅膀正带着我继续前行！

我沿着悉尼港的登船浮桥左转，路标仍指引着我。

我再次左转，来到大码头。两边的人群正在

为我欢呼。我听不见他们的声音。这是最后一段路，尽头处，歌剧院若隐若现。

随着我的靠近，歌剧院不断地发生着变化。它的屋顶仿佛翅膀，重叠、分割、聚集或绽放开来。我脚下的翅膀也做出了反应，它们占据了码头。我心中的翅膀也在继续生长。

“我不想忘记爸爸的语言，我出生的这个国家的语言。”

这种坚定的信念如此强烈，冲击着我，让我几乎停下脚步。

但我的翅膀舒张着，它们推着我向前，爸爸的声音仿佛响起：

“你不会忘记的。”

终点线就在前方几米远的歌剧院台阶下。

我毫不减速地冲了过去。

裁判们看着我冲过终点线，做了个手势，示意我退后。他们身后不远处站着两个人，那是外公和——乔伊爷爷！他们向我做了同样的手势。我意识到他们彼此不熟悉，也不会说对方的语言。我还发现爸爸长得真的很像乔伊爷爷。

我脚上的翅膀仍未停歇，它们带着我登上歌剧院的台阶。我三步并作两步地跑上去，台阶上空无一人，只有我自己。跑到最顶端后，我终于停了下来。

我回头看了看身后，看了看观众，看了看我的外公和爷爷，看了看正在接近终点的其他选手。我举起胜利的双臂，用英语喊了出来：

“我做到了！爷爷，我做到了！”

然后是法语。

“我做到了！外公，我做到了！”

二十六

展开心中那双巨大的翅膀

第二天，外公买了所有提及悉尼马拉松比赛的报纸。

他看不懂报纸上的文章内容，但能从比赛结果的部分读到我的名字。有些报纸上甚至还有我的照片。

在接下来的两天里，我、外公和爷爷在悉尼的街头闲逛。我们在海边玩耍，去餐馆吃饭，去沙滩上吃冰激凌。

26 日上午，乔伊爷爷开车送我们去机场。

临别时，他答应以后会到法国看我们。

“虽然我讨厌坐飞机。”他补充说。

他从农场开车赶来，返程还需要好几天。

等我回到法国时，头脑已经不再混乱。当我用英语思考时，我就用英语说话，反之亦然。这一招果然奏效。

当我用妈妈的母语回应她时，她非常惊讶，简直难以相信。我的同学和老师也不敢相信。

我十四岁了，接下来是十五岁，又过了几年，我二十岁了。

这么多年以来，我从未停止跑步。我加入了一个俱乐部，但我不得不承认，没有哪个教练比得上外公。是他打开了我心灵的翅膀，每次参加比赛，都是他陪伴着我。

如今我二十二岁，明天就要启程去澳大利亚了。

这是我和外公结束上次的美妙旅行之后，第

一次回到那里。

悉尼马拉松将在一星期后举行，我已经报名参赛。我将再次看到阳光和大海；我将看到矗立在水面上，随时准备起飞的歌剧院；我将与来自世界各地的数万名选手一起跑向海港大桥；我将大步流星地跨过大桥，挺胸抬头；我知道，在路上，爸爸的声音将在我耳边低语：

“巨大的翅膀，格伦，你的心中有一双巨大的翅膀。”

图书在版编目（CIP）数据

马拉松男孩 /（法）埃莱娜·莫塔尔德著；谌夏译．昆明：晨光出版社，2025. 6. -- ISBN 978-7-5715-2700-6

Ⅰ．I565.84

中国国家版本馆 CIP 数据核字第 2025W5Y150 号

著作权合同登记号 图字：23-2021-136 号

MA LA SONG NAN HAI

马拉松男孩

［法］埃莱娜·莫塔尔德 著　谌夏 译

出 版 人 杨旭恒

封面绘画〔法〕扬·蒂斯龙
内文绘画 苏　慧
项目策划 禹田文化
版权编辑 张晴晴
责任编辑 李彦池
项目编辑 张雨婷
营销编辑 赵　莎
美术编辑 沈秋阳
装帧设计 尾　巴
责任印制 盛　杰

出　　版 晨光出版社
地　　址 昆明市环城西路 609 号新闻出版大楼
邮　　编 650034
发行电话（010）88356856 88356858
印　　刷 固安兰星球彩色印刷有限公司
经　　销 各地新华书店
版　　次 2025 年 6 月第 1 版
印　　次 2025 年 6 月第 1 次印刷
开　　本 145mm × 210mm 32 开
印　　张 4
I S B N 978-7-5715-2700-6
字　　数 44 千
定　　价 24.00 元

退换声明：若有印刷质量问题，请及时和销售部门（010-88356856）联系退换。